사과의 아침

시작시인선 0189 사과의 아침

1판 1쇄 펴낸날 2015년 10월 16일
지은이 박소영
펴낸이 이재무
책임편집 박찬세
디자인 소은영
펴낸곳 (주)천년의시작
등록번호 제301-2012-033호
등록일자 2006년 1월 10일
주소 (04618) 서울시 중구 동호로27길 30, 413호(북정동, 대학문화원)
전화 02-723-8668
팩스 02-723-8630
홈페이지 www.poempoem.com
이메일 poemsijak@hanmail.net

ⓒ박소영, 2015, printed in Seoul, Korea

ISBN 978-89-6021-244-2 04810
        978-89-6021-069-1 04810(세트)

값 9,000원

사과의 아침

박소영

천년의시작

생명이 가져다주는
감사와 경이로움이
시간이 흐를수록 더해져
미물들에게도
안녕을 묻게 한다.

무너져버리고 싶은 시간마다
함께한 시가
나를 일어서게 한 것이었음을,
그러므로 오늘이 있음을 알겠다.

그저 사랑한다.
모든 생명의 인연들이여,
다시 내일을 꿈꾸게 하는
신께 드리는 감사의 옷을 덧입고

나날이 생명의 소중함을 더해간다.

차례

시인의 말

제1부

길에게 묻다

온몸 내어주고 나를 받아주는 길을 간다

먼 산 바라보고 걸었던
무심히 내딛는 발에 밟힌 생명들에 대한 생각
봄싹 움트듯 돋아나더니 개미처럼 분주하다

잎과 열매 다 내어준 채
묵언수행에 든 은행나무에 기대어 하늘을 본다

유리창처럼 투명한 하늘, 마음속까지 들여다 보는 듯한
데
저처럼 맑아질 수 있는가
나는,

은행나무와 이 땅의 모든 것들, 하늘도 길 위에서
살고 있었음을 오늘에야 알게 된
나는,

누군가에게 길이 되어준 적이 있는가

달의 산책

하루의 마지막 의식을 준비하는 주방
밀고 들어오는 어둠이 저녁의 문턱에서 주춤거리는데
제물로 쓰일 메밀나물 데친다
마지막 한 움큼 집어넣으려는 찰나
손등으로 튀어 오르는 애기방아깨비
순간 소금처럼 돋는 소름
가느다란 다리 바르르 떨며 빤히 쳐다보는 큰 눈
후둘둘 떨리는 다리 뒷걸음질 쳐 방충망 열고 날려 보
낸다
작은 날개 파르르 떨다가
난다
난다
대추나무 잎에 앉아 숨 고르기 하다가
또 난다
풀섶까지 날아간다
어둑어둑한 그림자 딛고 둥실 떠오르는 달
명주필처럼 내리는 달빛 아래
새끼 장돌뱅이 동이가 딸랑딸랑 나귀방울 울리며 메밀

꽃 환한 길 걸어온다
　메밀밭에서 온 방아깨비 달빛 너울 속으로 날아간다

붉은 여자

달이 차고 기우는 사원을 걷고 있네
붉은 옷을 입은 여인들

심해의 눈보다 더 깊은
여인의 눈에 비친
수많은 조각상 사이에서
시바*는 보이지 않고
자꾸만 남근으로 가는 눈
연잎 위 물방울처럼 흔들렸네

남편의 주검 옆에 수장된 여인을
기리기 위해
붉은 옷자락 아래 맨발이
가고자 하는 곳은 어디일까

보리수 그늘에
마른 나뭇가지처럼 누워 있는 남자
종교와 문화를 오가다

길을 잃은 시바일지 몰라

여인들의 지치지 않는 맨발의 행렬
정오 태양처럼 뜨겁네

●인도 삼대 주신의 하나.

별

잘 보인다
아무리 멀리 있어도
더욱 빛난다
어둠이 깊을수록

너만 보고 간다

사과의 아침

아침마다 받는 하얀 캔버스

산천이 옷 갈아입는 거라든가
꽃들이 피어나는 모습 그려보다가
잘 안 그려지면
시냇물이 흐르다가 물고기와 돌멩이를 만나듯
인연을 그려보는 거야
그래도 잘 안 그려지면
어린아이처럼 그려본다면
누구도 그리지 못한 그림 그려질 거야

그러면
그러면
기쁨으로 벙그는 하루

뉴턴이 살아 있다면 무엇을 그렸을까
오늘 에덴의 동쪽은 안녕하신가요

근사한 문답

사각의 상자에 꽉꽉 눌러 담은 것 같은 까만 숲에서
피노키오 인형처럼 무릎의 각을 세우자
떨리는 다리 울림 사이로
찾아오는 답,

그 숲에 다시 아침이 오듯
겨울 지나면 봄이 오는 것처럼
나이가 알게 한
시간의 물결을 따라서 온 답,

키 큰 나무가 늦게 잎을 틔운다는 것을
엎질러진 연두 물감이 온 산으로 번져갈 때
꽃보다 더 예쁘다고 떨리는 가슴으로
찾아온 답,

가장 먼저 햇살 받아 촉 틔우는 새싹
나무 둥치 옆에서
기지개 켜고 일어나면서

찾아낸 답,

나는 엄마니까,
이제 퉁쳐도 되겠구나
길이 없는, 길이 아닌 길에서 빛을 향해 걸어 나와
식은 재처럼 가벼이 바람처럼 날 수 있겠다

안부

다시 찾아온 봄날
다시 피는 꽃들

바람 불어 어지러워도
비 내려 눈 뜰 수 없어도
피어나는 꽃들

꽃마다 들어앉은
너,
두 눈으로 다 볼 수 없어
눈 감으니
모두가 너다

웃고 있는 너다
울고 있는 너다

눈 뜨지 못하게 환한 봄날

나무의 변辯

이파리 하나 달지 못한 채
초록융단 들녘에 서서
빈 까치 둥지 안고 서 있다

그 나무 바라보며
오래 서 있었다
둥지 떠난 까치를 기다리는
저 나무처럼
돌아오지 않는 시간을
떠나간 사랑을 기다린다

죽어서도 눕지 못하고
버팀목으로
못처럼 서 있는
직립의 검은 그림자 짙은데

어디서 왔는지
작은 풀꽃 이파리

나 여기 있다고 손 흔들며
주검의 발치에 터 잡고 있다

풀무덤

풀의 주검에서 단내가 난다

더 살아야 할 시간을 안은 채
날카로운 낫날에 베어진 풀이 눕는다

가장 낮은 자리에서 생을 마치는 풀 보며
가던 걸음 뚝,
팔월의 태양 아래 말뚝이 되었다

뱀의 독을 지우지 못한 채 몸 가득 흐르는 붉은 피 품고
더 많은 것을 얻기 위해 동분서주하며 무수히 다녔던 길

눈을 뜨고도 보지 못한 풀들의 향연
백합의 향기하고도 비교할 수 없는 단내

얼룩으로 찌든 생, 아무리 빨아도 깨끗해지지 않는 나
말갛게 씻어줄 것 같다

내일이 없어도 될 가벼운 꿀잠의 길로 들어도 되겠다

꽃 속의 꽃

도라지꽃을 보다가
보랏빛 잎맥에 펼쳐진
여리고 고운
실핏줄 따라 안으로 드니
흰 빛의 꽃
다소곳이 피어 있다
이렇게 작은 꽃
품고 있었구나
꽃 속에 든 꽃 보며
눈물처럼 흐르는 감정 따라
눈을 들어보니
하늘의 태양이, 구름이
물속의 물고기들이
꽃 속의 꽃이었다
찻잔 속의 차와
밥그릇 안의 밥이
신발 안에 든 발이
생각의 꼬리에 핀 도라지꽃

꽃 속의 꽃이 우주다

봄이 봄인 이유

아무도 할 수 없는 일을 해낸다

모든 것들 발기하는데
수직으로 내리는 봄비
무엇에게든 입맞춤하며
큰일을 한꺼번에 저지르는데 아무도 나무라지 않는다

소름 돋듯 돋아나던 꽃몽아리
매화에서 벚꽃으로 이어져 피어나더니
하늘 향해 몸 여는 목련
주검마저 살아나는 봄

멧비둘기 울면 개구리 눈 뜨고
봄의 전령, 바빠진다
햇병아리 부리의 햇살이 노랗다

봄을 관장하는 이는
잠도 안 자고 밤일을 하는지

검은 수피에 일제히 촉을 틔우는 연두
아침마다 쑥 자란 이파리들의 아우성

모든 생명 눈뜨고 세상을 바라보게 하는
봄, 은 봄이다

완전이라는 말

온몸 꽉 차게
꽃다지 입술에 번지는
햇살 가득한 봄날로 다가오는
그 말
하룻길 위에서도
수십 번 쓰러지며 일어나는 건
온전한 기쁨을 맛보려는 것
늘 채워지지 않는 빈 구석이
생의 모퉁이에 웅크리고 있다
완전을 얻기 위해
아흔아홉 섬을 이끌고
약삭빠른 머리 굴리다가
놓쳐버린 마음의 조각들
지금 어디서 방황하고 있을까
부끄러운 옷을 입은 몸뚱어리
잠 못 들고 뒤척이는데
지하도에서 외면한
휠체어 탄 장애인 목소리

가슴으로 밀려와
파도를 물고 우우우 울고 있다

무량으로 드는 길

오래전 왔다 간 길
풀풀 날리는 풀냄새
젖비린내로 번져 오고
손차양 한 나뭇잎들 사이
징검다리 놓는 햇살이 젊다

사과 꽃 진자리
손톱만 한 푸른 봄의 기호
올망졸망 매달려
사과, 하면 마른침이 고인다

오래전 어머니와 걸었던 길
무량수전 앞에서
찍은 사진 속 어머니
늙지 않고 그대로인데

어머니보다 많은 나이 앞세우고
혼자서 오르는 그날의 시간들

푸르게 커가는 나뭇잎처럼
무량으로 드는 길

하늘우표

벌레 먹힌 나뭇잎
무엇으로도 채워지지 않아
죽은 목숨 안고 살아가듯
눈물뼈로 기둥 세우는 날들

채워지지 않는 구멍으로만
볼 수 있는 다른 세상
생피보다 붉은 삶 살다가
눈뜨지 않아도 되는 아침이 오면

솔기 없이 꿰맨
는개보다 가벼운 옷 입고
눈 감고도 가는 바람처럼
가장 높이,
가장 멀리 날아가는 나뭇잎

봄편지

심해 물빛까지 건져와 물드는
문의 마을
호숫가에는 찻집이 있고
푸르게 돋은 새잎들 바람그네를 타지

물보석 흩뿌려진 호수에는
청둥오리 가족 헤엄치는데
봄을 물고 오는 바람이 닻을 내리고
물비늘 그리며 호수를 건넌다

온몸이 눈인 호수는
새봄을
제 몸보다 큰 산을
제 눈보다 큰 하늘을 품고

얼굴 가득 쓰여 있는
마침표 없는 편지
한 쪽씩 떼어내
북녘으로 봄편지로 보낸다

거미

밤이 그물을 쳐도
촛불 하나 켤 수 없어요
당신을 그리워하는 마음
마른 우물로 말라가요
하늘을 날아가는
푸른 새들을 바라봐요
새는 어디로 가는 걸까?
오늘이 파도처럼 밀려와
자꾸만 쌓여가요
당신을 기억하는 회로는
언제나 열려 있지만
스스로 만든 감옥에서
벗어날 수 없어요
에비타
신도 해독할 수 없는
비밀 열쇠를 가진
당신을 하염없이 기다려요

품

작은 바람에도 흔들리는
거미줄,
허공에 몸 기대고 있다

땅에 발을 딛고 있다고
스스로 서 있는 것이 아님을

해질녘 들길을 걷다가
몸 가눌 수 없는 수숫대
바로 서는 것을 보고 알게 된 일

안 보이는 것들의 넉넉한 품
가령 사랑이라든가
사람 마음이라든가
어쩌지 못하는 그리움이라든가

붉은 노을에 흔들리는
가녀린 강아지풀 몸 가누는데

태반 속 아이처럼

눈 감고 휴식으로 드는 해

염소

언제나 벗어나기를 꿈꾸지만
스스로 무너지는 흙이 된다
허물어지는 빛이 어두워지는 시간
묶인 끈이 길이 되어 집으로 간다

갈라진 발굽으로 땅을 툭툭 차고
굽은 뿔로 허공을 들이받아 보지만
제 그림자로 깜깜하게 젖은 눈

침이 고이도록 풀들이 가득한
강 건너 초원을 볼 수 있다

태반 속 탯줄에 매인
우물을 긷던 두레박에 묶인
죄인을 엮은 포승줄로
집의 끈이 심장까지 닿아 있다

어제에 끌려가는 오늘을 끊어버리면

어디까지 날아갈 수 있을까

밤으로 가는 시간

한 생애가 끈의 길을 따라가고 있다

목어

바람의 벽에 걸린
나무고기
눈을 뜬 채 살아간다

하고 싶은 말 많은지
입 벌리고 있지만
매를 맞아야 내는 몸울음뿐

맷돌보다 무거운 동자승 눈꺼풀
졸음 깨우고
묵언수행에 든 스님
때마다 시마다 문안하며

눈 감고 사는 사람들
눈 뜨게 하려고
물속의 눈으로
죽고 싶어도 죽지 못하는
허공에 묶인 삶

바닷속 문장을

색색의 비늘 옷에 새긴 채

물 밖으로 나온 심해물고기

겨울 산

겹겹이 껴입었던 옷 다 벗은 산에 들어
잠시 숨 고르다가

사람의 눈 가릴 수 있지만
온몸이 눈인 나무에게서
피할 수 없음을 알게 된 일

울울한 옷 껴입고
입 꾹 다문 바위에 앉아
먼 산 바라보니
새치 같은 잔설 품고 있는 산
서로에게 기대어 품어주고 있다

내일로 가는 하루
그 걸음 사이로 보이는 저녁 빛
그늘을 허리에 두르고 건너오고 있다

산의 품에 안기면 산 아래 일들 잊을 수 있을까

제2부

해의 살

저마다 색을 흘리는 꽃들
새싹들 아우성인데
햇살비늘 덮고 있는 호수는 한 마리 물고기다

배 속엔 하늘과 구름,
산이 품고 있는 나무와 바람
다람쥐, 노루, 산새
호명할 수 없는 숱한 생명들 품고 있는데

저 물고기 낚을 미늘은 무엇인지
낚싯대 드리울 사람, 분명 있겠지만
저 큰 고기 잡으면 어디에 둘지
요리할 그릇도 없다

잔잔한 호수에 바람 불어오니
꿈틀, 물고기 간 데 없다

먼, 먼 안부의 물음들이

안녕의 음표로 피어나는 시간
살을 찢는 햇살의 근육이 푸르다

봄날의 산책

담장 아래
이루지 못한 꿈이
토막 난 뱀처럼 누워있다
서러워 마라
울지도 마라
하늘 아래 새로운 것은 없나니
어제가 낙엽처럼 죽었으므로
오늘이 죽순처럼 살아 있다

벚꽃 만개 속에 찾아온 봄
냉소하는 우리들을 불러 모아
꽃이 되라 한다
날아가는 나비가 되라 한다
문의 벽을 밀어내라 한다

이유와 의혹 아래서
삼월이 왔는데도 얼어 있는 꿈
부지깽이를 꽂아놓아도 잎이 돋는

봄날이라 했던가
시간에서 밀려난
어제보다 더 먼 봄은 어디쯤

첫물 드는 하늘마당

막 잠 깨어 몸 부풀어 오르는
세상에 젖 물리기 위해
가지마다 다닥다닥 돋아 오르는

가시내 젖꼭지 같은 꽃망울

훈훈한 봄바람 휙 스쳐 가면
부끄럼조차 잊고
발그레 얼굴 붉히며 몸을 연다

나팔수

남인도 고원
무나르힐
굽이굽이 오르는 길
절벽 바위에 기대어
피어 있는 청보랏빛 얼굴
오롯한 기억의 갈피에서
잠을 자다가도
밥을 먹다가도 생각나는
고름 든 환부의 통증 같은
너,
꽃 속에 어리는
머물 수 없는 시간이
바람의 등을 밀어 재촉하는데
나 여기 있다고
온몸 열어 반기는 나팔꽃

손의자

붉은빛 키우는 모란
버겁게 받치고 있는 꽃받침
꽃봉오리부터 다 질 때까지 지켜준다

어둠 속에서도 촉 키우는 봄날
쪼그만 별꽃이나
눈꽃으로 날리는 배꽃송이들
하나하나 빠짐없이 받들고 있다

귀밑부터 붉어지는 나
환하게 피어나는데
시간의 뒤편에 숨겨둔 검은 기억
멀어질수록 또렷해지는 붉은 꽃잎

어제와 내일이 받침 된 오늘로 핀 꽃

술람미 여인

한눈에 들어오지 않는
비취빛 툰 호수*
눈 꼭 감아야 보이는 것처럼

눈 감고 너를 그리면
멀리 있어도 보이는 너
인터라켄이나 로마에도
나보다 먼저 와 있었다

어디서든 피어 있는
꽃 속이나
잠 못 드는
푸른 새벽 조각달도 너였다

산소가 폐로 스며들 듯
내 안에 녹아들어
풀포기처럼 뽑아낼 수 없다

포도원으로 돌아간 처녀처럼
집으로 가야 할 시간 지났는데
너의 긴 그림자에 갇혀 있다

•스위스 인터라켄에 있는 호수.

옥천암 가는 길

꽃에도 어둠이 있다
산길에 나직이 핀
보랏빛, 흰빛 제비꽃에서

빛과 어둠을 보았다

산으로 숨어드는 나
바위 위에서 손을 비비는
다람쥐와 눈이 마주쳤다

무엇을 빌고 있을까

더는 걸음 옮기지 못하고
반석 위로 흐르는
옥류천玉流泉을 본다

스스로 길을 내며 흐르는 물

가장 낮은 곳을 향해서
조용히 흐르다가
울음소리를 내기도 한다

옥천암으로 오르는 일

어릴 적 소풍 갔던
꿈길 가듯 가는 길
어두운 숲에서 드러나는 기억들

단발머리 계집애가 마중 나와 손을 내민다

겹무늬 꽃

피할 수 있었던 찰나의 시간
한 바퀴만
한 바퀴만
비껴 굴러갔다면

뻐꾸기 울음과 함께 날아가는
한 치 앞의 깜깜한 죽음
제멋대로 떠다니는 구름
주검 위에 서성이고

가는 것들 배웅하고
오는 것들 마중하는 봄날
붉은 얼룩에서
빠져나간 것은 무엇일까

고라니 뛰어놀던 숲은
그대로인데
새로 핀 검붉은 한 송이 꽃
아물아물 겹무늬로 출렁댄다

균형

어두워져야 보이는 것이 있다
뜨거운 해를 삼켜
까맣게 타버린 밤은 달과 별을 보이게 한다

빛과 어둠으로 둥글어진 하루는
시간의 레일 위로 쉬지 않고 어제를 향해 굴러간다

자신의 무게보다 무거운 짐을 등에 지고
오래된 습관처럼
어둠 속에서 밝아져오는 내일을 향해 걷고 걷는 사람들

감당해야 하는 죽음보다
더 기막힌 아픔도 삭이며 질긴 목숨을 이어가게 하는 생,

헤진 곳을 꿰맨 조각천이 시린 무릎을 감싸주듯이
어둠은,
고단한 육신을 쉬게 하는 이불이 된다

새들이 날개를 접고 둥지에 들면

조각달이 총총히 박힌 별을 디디고 하늘바다를 사뿐사
뿐 건넌다

꽃상여

가장 깊은 곳
슬픔 속으로 걸어 들어오는 너

모과나무 그늘 아래
떨어진 꽃잎들
물길 따라 둥둥 떠내려온다

시간의 그림자 안고
스스로 길 내며 가는 물과
한 몸 이뤄가는 꽃이여

앞서거니 뒤서거니
꽃잎들
소풍가는 아이들처럼
어깨 부비며 떠가고 있다

무나르힐

가릉가릉 가쁜 숨 몰아쉬며
깎아지른 벼랑 밟으며
오체투지 하듯
오른 산, 묵언수행에 든 듯 침묵하고 있다

구릉과 계곡 간간히 평지를 이룬 곳에
숨을 쉬는 것들,
나방이 알을 슬어놓은 듯
저마다 터 잡고 가쁜 생을 살아간다

산기슭에 핀 나팔꽃
인도 여자 붉은 사리 자락처럼 감겨
하늘 오르는 사다리 놓고 있다

산의 품에 안겨 뱀보다 매끄럽게 지낸
하룻밤,
신의 눈을 가리고
심연의 깊은 눈, 밤의 소년과 춤을 추었다

머리를 하늘로 두고
한 번도
허리를 굽힌 적 없는
도도하게 서 있는 모습이 신전보다 굳건하다

한번쯤
푸른 융단 펼쳐진 초원에 눕고 싶겠지만
목을 곧게 세우고 구름 속에 머리를 두고 있다

부추꽃

햇살의 입술 밀어내지 않고
닿았던 자리마다
힘껏 올린 대궁 끝에 희디흰 꽃이 핀다

손바닥만 한 자투리땅 마다하지 않고
모진 비바람 불어도
이리저리 몸 가누며
튼실한 꽃대궁 밀어 올려 중심을 잡는다

베어내고 베어내도
푸르게 자라나는 잎
바닥에서 살아온 이 땅의 사람들처럼

부추밭 가득, 그날의 함성처럼 환하게 핀다

꽃게

포식자에게 포획되어
분절된 몸과 손발에서
붉은 피가 나지 않는다
바다로 가고 싶은
몸은 뒤집혀진 채 버둥거린다

죽음 앞에서도
거품을 문 채 오물거리는 입
손발이 떨어져 나간 몸뚱어리
마침표 같은 까만 눈 부릅뜨고 있다

출렁거리는 물결 속에서
어린 새끼들을 키웠을 것이다
무엇이든 한번 잡으면
놓지 않는 손과 발에
푸른 바다가 잡혀 있다

바다를 벗어나지 않기 위해

옆으로만 걸어간 생,
자유가 광활한 모래밭에서
스스로 갇힌 것은
목숨을 지키기 위해서리라

꽃잎 속에 꽃잎이 툭,

비바람에 떨어져 찢어진 꽃잎
강물에 실려 떠가는
물 위의 장례식, 아름답다

죽은 듯 서 있는 오동나무
지난해 까만 꽃씨 매단 채
여린 보랏빛 바삐 피워내고

초록 짙어가는 금강나루 새들목*
새둥지에서 알이 부화되고
찔레꽃 환하게 핀 들
무논에서 올챙이가 헤엄을 친다

죽음과 생이 동시에 일어나듯
천둥 속에서도 침묵이 있고
어둠 속에서 빛이 있듯이

파르르 빛이 만드는 그림자 위로

하르르 미끄러지는 굴렁쇠 시간

꽃잎 속에 꽃잎이 툭

어둠 속에 어둠이 툭

●공주 금강에 있는 섬.

추락

저마다 색을 입고
아래로 뛰어내리는
가뿐한 몸,
탱탱한 서슬 푸른 오기도
하늘을 향해 솟구치던 꿈도
놓아버리고
바람에 몸을 맡긴 채
떨어지는 행렬
곱다,
아래로 몸을 던지는
나뭇잎들
꽃보다 더 아름다운 것이
나뭇잎이었음을,
쥐고 있던 것을 놓아야
얻을 수 있는 것을 알게 한
나뭇잎들의 생
가뿐하다

풍장

늙지 않는 푸른 아침이 있으리라

폭풍우 속에서
한 발걸음도 움직일 수 없지만
검은 밤 자락 놓지 않는다면

한 톨의 씨앗까지 지키기 위해
허공에 몸 가누며
풍장을 겪는 강아지풀

사는 게 고통이라며 도시를 벗어나
찾아온 들녘
서쪽으로만 가는 해처럼 잠을 자면서도 가야 하는
남은 여정의 거리 가늠해보며

강아지풀 되어 고개 주억거리는 나

밑줄 긋는다

갈기 세우고 달려온 파도
해변에 닿는 마지막 시간에
마침표 대신 밑줄을 긋는다

백묵처럼 눕는 줄

어디서부터 온 건지
언제부터 오기 시작했는지
해변으로 달려와 생을 마감하며

흰 물꽃으로 피는 바다

나뭇잎 사이 햇살처럼 찾아온
인연이 만든
한 생이 기록된 눈부신 문장에

꾹꾹 눌러 지워지지 않는 줄 긋고

내 생 마지막 날에는

꽃지 해변에서

파도의 꽃으로 피어나겠다

제3부

틈새

남간정사 대청마루 벌어진 틈새
단단한 시멘트덩이 박혀 있다
저항의 뼈로 세운 틈, 햇살이 빗금으로 나누며 간다

추녀 끝, 거미가 쳐놓은 그물 집에
오후로 건너가는 하루가 걸어놓은 금빛 햇살

살아 있는 사람들 속에서도
훈훈한 온기 느끼지 못하고
나무 틈에 낀 시멘트덩이로 살아가는 나

따뜻하게 손 잡아본 적 없는
한번도 불러본 적 없는
저쪽 세상 아버지가 보고 싶다

사는 건 그런 거라고
거미줄에 걸린 햇살 같은 거라고

외면했던 사람의 살냄새가 그립다는 말의 어깨 위에

전생과 이생의 틈을 가르는 시간이 바삐 지나고 있다

다슬기국을 끓이며

사방을 두리번거리는 다슬기
저 세상으로 가기 전
애비 밥, 잘해주라고 당부한
병상에 누워 있던 어머니 모습이다

찔레꽃 흐드러진 저녁 시간
논둑, 밭둑 지나
생의 시간보다 더 긴 끈을 타고
시도 때도 없이 찾아온다

흙 때 낀 손톱 깎을 새 없이 살다 간 세월
이제 지우셨는지요?
그곳은 편하신가요?
아들 당부하던 눈빛 비켜나지 않는다

시간이 가르쳐준 깨달음
아래로만 흐르는 천내* 같은
어머니 마음 조금 알 것 같아

서녘 해가 흘린 노을처럼
얼굴 붉어지는 날 더러 있는데

서툰 삶이 비틀거리는 저녁
걱정하던 어머니 아들,
금산장에서 사온 다슬기국 끓인다

이마 시린 봄에 든 어머니 생신 날,
미역국 제쳐놓고 끓였던
다슬기국
그 아침처럼 펄펄 끓는다

•금강 상류 제원면 용화리에 있는 강.

그늘꽃

연두구름 뭉게뭉게 피어오르는 봄날
하나 둘 꽃망울 터트리던 매화,
불꽃처럼 확 피어나
발 가는 대로 간 상신리 도예마을

한 걸음 두 걸음, 도자의 길 걷는데
그늘에서 핀 매화 그윽한 향내 품은
새뜻한 색,
그늘에서도 꽃이 피고 있있다

양지쪽 꽃 다시 바라보다
넘침과 모자람 속에 든
낮에 떠 있는 반달
산등성이 헛발질하는 바람도 넘겨다본다

울타리 친 산마루 나무들 사이 하늘빛
미끄럼 타고 산자락으로 내려오는 저녁빛
어둠으로 버무려지는데

집으로 돌아가는 것,
저녁밥 짓는 것도 유기하고
보이지 않던 것들이 보이는 은총에 실려
이런 날도 있다고 크게 크게 웃었다

노란 물감 덧칠하는 달이 둥둥 떠가며 노랗게 웃고 있다

붉은 사리

붉은 사리를 입은
여인들의 맨발
사원 바닥에 이생의
족문을 새기며 걸어가고 있다

전생과 내생을 들여다보는 듯한
크고 검은 눈은
소의 눈을 닮았는데
신전 가득한 먼지에
버무려진 향내 속에서
구원은 보이지 않는다

핏빛 사리 자락은
신전의 기둥과 벽, 조각상들 사이로
깃발처럼 펄럭이고
현세의 고통으로 내세의 환생을 살 수 있다며
구름처럼 몰려드는 여인들

생매장된 여인의
정절과 넋을 기리며
자신의 신전인 몸을 지키고
스쳐지나가는 한 생애를 보내기 위해

흔들리는 사리 자락에 매달려
맨발로 걸어가고 있다

환한 어둠

빛을 찾아 날아든
땅강아지
가장 낮은 바닥을 기어가고 있다

발을 비비며 미끄러지듯
질주하는 몸짓이
태양의 이마처럼 밝다

어둠을 벗어나 날아왔지만
빛의 감옥에 갇혀
길이 아닌 길을 내고 있다

새처럼 날 수 없는 땅강아지
빛과 어둠이 만든
하루가 펼쳐놓은 광장에서

약국 진열장 밑을 들고나며
환한 어둠
벗어나기 위해 길을 찾고 있다

덫

산을 이고 있는 것보다 무거워
벗어낼 수 없고
여름 옥수수 밭처럼 우거져간다

오늘을 예측하지 못하는
한때 사랑은
액자 속 그림으로만 남아
만져지지 않는 너

기쁨의 강에서 생을 마친
오필리아
사람의 가슴연못 속
지지 않는 한 송이 꽃으로 피어나다

지운다는 것

어둠이 붉은 해를 삼킨다

핏빛으로 물든 노을에 잠긴
강물은 쉼 없이 흐르고
물속 자갈돌은 몸으로 이야기를 나눈다

서툰 하루가 어둠으로 물들어갈 때
모든 경계는 지워지고 하나가 된다

지운다는 것은 없애는 것이 아닌
품는 것이라는 걸
산 위에서 오래
아래를 내려다보며 알게 되었다

이별이라는 이름으로
경계를 나눈 얼굴이 떠오른다

헤어지기 위해

미워하면서 찢은 이름
잊지 못해서 삼킨,
감출 수 없어서 허공에 던진 이름

내 안에서 다시 살아나듯
슬몃슬몃 떠오르는 달,
어둠을 지우고
다시 은하계가 펼쳐지듯 환한 세상

마른풀

바람에 흔들리다
강 쪽으로 자꾸만 기울어지는 건
얼음물 속 어린 고기들
이야기 들으려는 것이겠지

하늘연못에 머리칼 헹구고
고개 젖히는 것은
가뭇없이 날아가는 새들
이별을 마중하기 때문이리라

하늘 높이 떠 있는 해에게
물어보는 말
아무리 맡아도 싫지 않은
마른풀 향기 맡을 수 있느냐고

높은 곳에 이르기 위해
허공 디디며 살아온 나
오늘 밤 뜬눈으로

마른풀 이야기 들어준다면

한 모금의 물기마저 비워내
화선지처럼 얇아져서야
낼 수 있는
그 향기 피울 수 있으려나

둥지

겨울 산에서 만난 딱따구리
쉬지 않고 딱, 딱, 딱
한시가 바쁜지 쪼아대는 소리 숲을 흔든다

한 생의 상처 수피에 새긴 채
죽은 나무에 앉아
제 그림자 딛고 둥지를 만든다

푸른 숲바다 짙게 펼쳐지면
어린 새들
둥지 밖으로 내민 부리 먹이 받아먹을 것이다

어미 따라 날아보는 하늘광장
수묵 치듯 획을 그리면
한 계절 지나고

새의 일가 떠나면
신발처럼 벗어놓은 둥지

다른 생명들에게 내어주는 나무

어머니 궁宮에서 세상 밖으로 나온 후
세 한 번 내지 않고 새처럼 떠나온 나
딱따구리 둥지 만드는 거 보면서

나무와 어머니의 한 생애를 본다

바람바퀴

비가 온다

아무도 살지 않는 집
기억만 살고 있는 집
나를 세상에 있게 한
아버지가 살았던 집

내 눈물 달고 살던 아버지
시도 때도 없이 찾아왔지
치매에 끌려 온 아버지 데려다주고
더듬거리며 돌아선 문턱
입 굳게 다물고 물기 촉촉하다

딸 잊지 않으려고
몸에 든 파킨슨 씨 데리고
덜컹거리는 바람바퀴로
넘어지며 일어나며 내게 오신 아버지
이마에 흐르던 피 선명하다

지적지적 그쳤다가 다시 오는 비
아버지는 늘 비가 오신다고 했지

오시는 비 맞은 나
떨어지는 빗물 바다에 스미듯
아버지, 아픈 일들 지워질 수 있을까

해가 뜨지 않아도 밤이 오듯
부엌으로 드는 나
아버지 즐겨 드시던 잔치국수
육수 내려고 내놓은 멸치
굽은 등 펴지 못하고 빙그레 웃고 있다

풀잎

풀잎, 하고 부르면
입 가득 번져오는 푸르름

제 몸 휘도록
무거운 이슬 털어내지 않고
떨어질 때까지 기다린다

작은 새소리 숲을 일으켜 세우듯
초록융단 펼쳐가는 풀잎

개심사 소묘

해미읍성 돌아보고 오른
절 마당
대웅전 앞 늙은 배롱나무
손 치켜들고 겨울비에 몸을 씻고 있다

눈을 들어보니
상왕산 숲의 군상들
벗은 몸으로 수행에 들어 있다

바람처럼 떠돌다
때 묻은 몸과 마음
숲으로 들면
저 나무들처럼 씻을 수 있을까

몸과 마음에 박힌 생의 주름
해미읍성 회화나무에
칭칭 감긴
밧줄과 철사 자국처럼 깊은데

세상으로 다시 들기 위해 절을 나서다가
뒤돌아본 요사채
환하게 빛을 내는
댓돌 위 고무신이 눈부시다

염소매소

염소를 매라는 것인지
매지 말라는 말인지
어린 나태주 등하굣길 오가며
늘 고민했다는 말

오천항으로 바닷바람 쐬러 가던 일행
길 잘못 들어
시인 고향 서천에서
누에가 실을 잣듯 끊임없이 풀어놓은 말

오래 품고 살아오다
어느 날 알게 되었다는
소금 파는 집
시인이 가리키는
염소매소 간판 있었던 곳

나도 모르게
"염소매소"라고 읊조리는데

까만 염소
눈부신 소금무덤 옆에 말뚝 없이 매여 있다

그 염소
어린 시인이었다가
칠순 맞이한 시인이었다가
나였다가

시간의 갈피에 그려진 화폭
한 장씩 넘기는데
흰 나무판에 까만 글씨
염소매소 간판 그네로 흔들리고 있다

코브라

우아한 관을 펴고
그 어느 여왕보다
품위 있게 목을 세운다
처음 만난 너
어젯밤 한 지붕 아래에서 잠을 자고
아침 식탁에서
마주한 허물없는 얼굴이다
뭔가 미심쩍지만
그럴 리가 없다고 넘어가게 하는
마력의 힘,
꼬리를 감추고
신전처럼 앉아 있는 너는 젊다
눈을 뜨고도 보지 못하는
너의 이름 앞에
이빨에 든 비밀의 무기로
언제든지 죽임을 당할 수 있지만
안전 불감증에 걸린 채
오늘을 사는 나,

다메섹으로 가는
바울의 눈에서 떨어지는 비늘이 없다

바람의 이력

어느 날, 바다로 든 빗방울처럼
늘 부르던 이름이 사라지고
방금 하려던 일 기억하려 애쓰지만
삭제된 활자처럼 지워진다

차창 뒤로 멀어져가는 가로수처럼
라일락이 까맣게 사라지고
봄이 하얗게 멀어지듯
어제도 사라지고 오늘도 멀어져갈 것이다

가도 가도 늘 오늘인 길 위에서
기억에서 사라진 현관문 비밀번호처럼
문득, 나도 사라질 것이다

그러나 바다로 간 빗물이
소금을 만들어내듯이
사라진 삶의 조각들
봄동산 향기 품은 꽃으로 피어날 것이다

물의 집

시간보다 앞서 달리는 화살이 되어
목숨보다 더 소중한 것이라 생각하며
꿈속에서도 움켜쥐고 달려왔다

장강의 흐름보다 더 도도하게
굽이치고 할퀴며
다스리며 품고 품어서 다다라

이제는 내 것이라고 주먹 펴보니
빈손,
쥐면 쥘수록 새어 나가는 물 같은 것임을

떠난 사람의 마음처럼
갖고자 한 것 하나 가지지 못하고서야
버리고 온, 잊으려고 애써온 곳

모천을 찾아가듯 몸의 기억으로 찾아간
물의 집에 이르니
늙은 버드나무 아래 물에 빠진 달 환히 웃고 있다

스리미낙시*

천 개의 기둥 사이로
느릿한 맨발들
덜컹거리는 일상을 벗은
여행객 긴 행렬
내세까지 가려는 듯하다

하늘에 닿을 듯 솟은
고푸람**
어제를 디딤돌로 딛고
서 있는 오늘

향내에 버무려져 맴도는 가락
신전 가득한데
현현하지 않는 신 대신
멍한 소의 입에 물려준 금화

더 지체할 수 없는 시간 앞에
이방의 나는

많은 신들의 조각상 사이에서
어제로 가는 길을 보았다

수암골

우암산 기슭에 자리한
수암골
더디 가는 시간 속에
숲의 나무들처럼 비탈에 서 있는 곳

좁은 골목길
낡은 함석지붕 슬레이트지붕
허리춤 아래 있고
오가는 사람들 어깨 부딪쳐도
정겨운 눈인사 주고받는 곳

구공탄 창고 옆 굴뚝 아래
민들레 피고
허름한 담 밑에
한들한들 몸 가누는 강아지풀
허공에 기대어 사는 곳

피난민 설움 밀어내며

살아내기 위해 먹었던
바가지비빔밥
배고픔 달래주던
도토리묵 먹을 수 있다

고단한 일을 마친 붉은 저녁 해
산마루 타고 굴러 내리면
하늘의 별이 내려와
작은 창마다 불을 밝히는 곳

귀가

비 비린내 젖은 저녁바람에 모래알처럼 돋는 소름, 나뭇잎들 수런거림 속에 빗방울 툭, 툭, 푸드득 날아가는 새의 이마를 적신다 온몸에 내리는 빗방울 후두둑 털어내며 날아가는 새들의 귀가, 하늘마당에 발자국을 찍으며 흩뿌리는 언어, 불빛 밝은 정류장은 어디쯤일까? 둥지로 날아드는 새들, 등불 없는 어둠 속에서도 부리를 부비며 보듬을 것이다 새들이 날아간 허공 들여다보며 가던 걸음 뚝, 멈추고 자꾸만 비워내도 드는 한기寒氣, 덜어내도 차오르는 그리움만 가득 찬 집으로 가는 나는 날개가 없다

다시 오늘

천 개의 발을 달고 달려도
언제나 제자리
벗어나기 위해 발버둥 칠수록
점점 죄여오는 수갑이다

세상 구경 나오는 날
저 먹을 것 가지고 온다는 말
새빨간 변명,
아무리 먹어도 배고픈
푸른 허기 이겨낼 수 없다

쇠붙이에 스는 녹처럼
나날이 더해가 벗을 수 없는 중독
편리함에 길들여지는 몸
이 시대가 낳은 붉은 광고판

문밖에 와 있는 내일 밀어내고
오늘은 신발처럼 벗어놓고

바람날개에 앉아
물결 넘실대는 남으로 가고 싶지만

자본의 단맛에 물든 몸
꿈속에서도 벗어날 수 없는
오늘의 긴 팔에 꼭 잡혀 있다

독백의 자리

조동범(시인)

시가 독백의 자리를 마련할 때 그곳으로부터 관조의 깊이는 탄생한다. 무엇을 바라본다는 것. 시인의 시선은 언제나 바라보는 대상의 본질을 파악하고자 함으로써 대상으로부터 사유와 인식을 추출하고자 한다. 자, 여기 하나의 사물이 있다. 그리고 시인은 그것을 바라보고 그 안에서 세계와 삶의 실체를 발견하고자 한다. 그러나 시적 대상이라는 기표는 그 안에 내재된 기의를 쉽게 보여주지 않는다. 사실 기표를 통해 기의를 파악하고 드러내는 것은 전적으로 시인의 몫일 것이다. 기표 안에 숨겨진 기의는, 그것이 호명되지 않았을 때 우리에게 의미화된 대상으로 다가올 수 없다. 그런 점에서 시적 대상에 내재한 것들을 파악하고자 하는 시인의 노력은 상당한 의미가 있다.

독백을 통해 시인이 만나게 되는 것은 자신의 내면이다. 그리고 시인은 자신의 내면과 만나게 되며 세계와의 조우를 희망하게 된다. 독백이 고백이라는 발성을 차용하고 있다는 점에서 그것이 언제나 내부를 지향한다는 점은 지극히 당연한 귀결이다. 그렇다면 시인은 과연 독백을 통해 삶의 어떠한 국면과 만나게 되기를 희망하는가. 시인은 끊임없이 자신의 내부로 침잠해 들어가며 삶의 숨어 있는 지점들과 만나게 되기를 원한다. 독백의 언어는 사실 시인 내부의 감정이나 생각을 노골적으로 표면화하지 않는다. 독백은 사적 담화의 양상으로 드러나지만 그것은 언제나 공적 담화의 양상으로 전이되고자 하기 때문에 사적 국면과 직접적으로 맞대면하기를 원하지 않는다.

그렇다면 박소영의 독백은 어떤 방식으로 드러나는가. 시인의 목소리는 내부로부터 비롯된 것이지만, 그것은 내부에 머물지 않고 외부를 지향한다. 그리하여 시인의 음성은 개인의 영역에 머물지 않고 확장된 세계의 지점과 마주하게 된다. 그럼으로써 본 시집 『사과의 아침』은 시인의 음성을 우리 앞에 선명하게 제시하며 시적 대상 안에 감춰진 삶의 진실과 세계의 실체를 드러내고자 한다.

달이 차고 기우는 사원을 걷고 있네
붉은 옷을 입은 여인들

심해의 눈보다 더 깊은
여인의 눈에 비친
수많은 조각상 사이에서
시바는 보이지 않고

자꾸만 남근으로 가는 눈
연잎 위 물방울처럼 흔들렸네

남편의 주검 옆에 수장된 여인을
기리기 위해
붉은 옷자락 아래 맨발이
가고자 하는 곳은 어디일까

보리수 그늘에
마른 나뭇가지처럼 누워 있는 남자
종교와 문화를 오가다
길을 잃은 시바일지 몰라

여인들의 지치지 않는 맨발의 행렬
정오 태양처럼 뜨겁네

―「붉은 여자」 전문

시인은 관조의 어법으로 세계의 실체를 파악하고 삶의 신산스러운 여정을 어루만진다. 여기 사원을 걷는 자가 있다. 그곳에 "붉은 옷을 입은 여인들"이 있고 그들의 눈에 "시바는 보이지 않고" 속세의 장면만이 눈앞에 어른거릴 뿐이다. 시인은 삶이 지니는 비애의 국면을 제시함으로써 삶이 지니는 무상의 순간을 포착하고자 한다. 이때 시인의 몸은 시적 대상과 일정한 거리를 유지한다. 이러한 거리는 담담한 독백이 전달하는 비애의 감각을 더욱 강하게 우리의 의식 속으로 잠입시킨다. 박소영 시의 정제된 감각과 세계는 바로 이곳으로부터 비롯된다. 「붉은 여자」가 그러하듯, 객관화된 감각이 전달하는 일정한 거리감이 시집 전반을 지배하고 있다. 그리고 이러한 거리감은 시적 대상과 일정한 거리를 유지함으로써 고요하게 정제된 지배적 정서를 환기시킨다.

"남편의 주검 옆에 수장된 여인"을 응시하는 시인의 눈은 쉽게 눈물을 흘리지 않으려는 듯 결연한 느낌마저 자아낸다. 그리하여 수장된 여인이 "붉은 옷자락 아래 맨발"을 끌고 "가고자 하는 곳"을 응시할 때에도 철저하게 대상과의 거리를 유지하고자 한다. 「붉은 여자」가 드러내고 있는 절제된 감각은 바로 이와 같은 거리감을 통해 형성되며, 그것이야말로 박소영의 시가 지니고 있는 중요한 미덕이라고 할 수 있다. 이러한 거리감은 죽음을 다룬 다음의 작품에서도 여실히 전달된다.

풀의 주검에서 단내가 난다

더 살아야 할 시간을 안은 채
날카로운 낫날에 베어진 풀이 눕는다

-「풀무덤」 부분

박소영이 펼쳐놓은 죽음의 국면은 슬픔의 극한을 향해 치닫지 않고, 감정의 절제와 미적 인식이 돋보인다는 점에서 하나의 개성을 부여받는다. 죽음을 시적 소재로 삼는다거나 그것을 절제된 언어를 통해 드러내는 것은 사실 그렇게 새롭지 않다. 그러나 시인은 절제된 미적 인식을 통해 죽음을 응시하고, 정제된 거리감은 더욱 강하게 독자들의 감각 속으로 잠입하게 된다.

"풀의 주검에서 단내"(「풀」)가 날 때, 풀은 기존의 정서를 배신함으로써 우리가 알고 있는 자연의 세계를 벗어나고자 한다. 이때 풀은 기존에 있는 자연의 질서를 벗어나면서 새로운 정서를 수용하게 된다. 그리하여 풀은 익숙한 그 무엇으로부터 벗어나 낯선 사물과 정황의 자리를 차지한다. 풀은 더 이상 평화롭고 아름다운 자연의 일부를 떠올리게 하지 않는다. 그것은 주검이 됨으로써 상식적인 자연의 질서를 배신하려 한다. 그리하여 풀은 새로운 시적 질서를 만들며 독자들의 정서에 강렬한 미의식을 제시한다.

　　늙지 않는 푸른 아침이 있으리라

　　폭풍우 속에서
　　한 발걸음도 움직일 수 없지만
　　검은 밤 자락 놓지 않는다면

　　한 톨의 씨앗까지 지키기 위해
　　허공에 몸 가누며
　　풍장을 겪는 강아지풀

사는 게 고통이라며 도시를 벗어나

찾아온 들녘

서쪽으로만 가는 해처럼 잠을 자면서도 가야하는

남은 여정의 거리 가늠해보며

강아지풀 되어 고개 주억거리는 나

−「풍장」 전문

　「풀」에서 죽음의 흔적을 발견했던 시인은 「풍장」에서 장
례의 국면을 우리의 삶 전반으로 확대하기에 이른다. 시적
정황 속에 풍장의 직접적인 이미지는 존재하지 않는다. 그
러나 죽음이 부재함으로써 「풍장」은 죽음의 비극성을 더욱
강하게 환기시킨다. 시인은 "늙지 않는 푸른 아침"을 맞이
하고, "한 톨의 씨앗까지 지키"고 싶어 허공에 자신의 몸을
맡긴 강아지풀을 발견한다. 그리고 흔하게 볼 수 있는 강아
지풀과 풍장을 대비시킴으로써 우리의 삶은 죽음이라는 고
통과 슬픔을 온몸으로 감내하는 것이라 말한다. 시인은 이
것이 삶이라고, "사는 게 고통이라며" 들녘의 "남은 여정의
거리 가늠해보며" 삶의 마지막을 떠올리기도 한다.

　강아지풀에서 장례의 장면을 상상하는 것이 쉽지 않은
것처럼, 장례의 국면을 드러내기 위해 강아지풀을 제시하
는 것 역시 쉽지 않다. 박소영 시의 거리감은 이처럼 낯선
대상과 국면의 대비를 통해 더욱 강하게 제시되기도 한다.

두 개의 국면이 서로 다른 감각을 자아내는데, 그것이 하나의 국면 안에 수용되면서 강렬한 시적 상징이 제시된다. 강아지풀로부터 풍장의 국면을 떠올리는 것은 낯설지만 충분히 수긍할 수 있는 것이다. 아울러 풍장으로부터 삶을 응시하는 강아지풀의 모습을 떠올리는 것 역시 낯선 것이지만, 그러한 점이 오히려 삶과 죽음에 대한 사유를 심화시키기도 한다. 시인은 이와 같은 이율배반을 통해 기존의 정서를 승계하면서 동시에 끊임없이 그것을 극복하고자 한다. 또한 죽음을 언급하면서도 결코 격앙된 감정을 드러내지 않는다. 이와 같은 절제된 태도는 앞서 언급한 관조적 태도로서의 독백의 어법과도 연관이 있는데, 시인은 언제나 삶을 담담하게 응시하고 제시하고자 한다.

벌레 먹힌 나뭇잎
무엇으로도 채워지지 않아
죽은 목숨 안고 살아가듯
눈물뼈로 기둥 세우는 날들

채워지지 않는 구멍으로만
볼 수 있는 다른 세상
생피보다 붉은 삶 살다가
눈뜨지 않아도 되는 아침이 오면

솔기 없이 꿰맨

는개보다 가벼운 옷 입고

눈 감고도 가는 바람처럼

가장 높이,

가장 멀리 날아가는 나뭇잎

　　　　　　　　　　　　　　－「하늘우표」 전문

　여기 "벌레 먹힌 나뭇잎"이 있다. 그리고 시인은 그것은 "하늘우표"라고 인식하며 "가장 높이/ 가장 멀리 날아가는" 모습을 바라본다. 시인의 독백은 "죽은 목숨 안고 살아"가는 날들을 호명하거나 "눈물뼈로 기둥 세우는 날들"을 언급한다. 그리고 "채워지지 않는 구멍으로만/ 볼 수 있는 다른 세상"이거나 "눈뜨지 않아도 되는 아침"인 삶의 단면을 파악하기도 한다. 나뭇잎과 하늘우표를 통해 제시되는 그 어떤 정서적 울림은 시인의 독백을 통해 구체적 삶의 국면으로 드러나는 것이다. 이처럼 삶에 대한 정서와 의미를 직접 드러내는 것은 결코 쉬운 일이 아니다. 바로 여기에서 박소영 시의 독백이 지니는 힘이 빛을 발한다.

　본 시집 『사과의 아침』은 우리의 감각 안에서 일반적으로 사유할 수 있는 자연을 다루고 있지만, 시인의 언술 양상과 시선은 기존의 자연의 질서를 벗어난다. 그리하여 자연은 단순한 아름다움의 영역을 탈피하여 미적 인식의 지점으로 나아가게 된다. 그런데 여기에서 나타나는 한 가지 특징은 시 속의 화자가 적극적으로 드러나지 않는다는 점이다. 화자가 존재하지 않는다는 말은 아니다. 박소영 시의 화자는 철저하게 자연을 비롯한 시적 정황 뒤에 감춰짐으로써 하나의 개성을 부여받게 된다. 물론 화자가 등장하는 경우가 없는 것은 아니다. 특히 일인칭 화자가 등장함으로써 시적 감수성을 적극적으로 개진하려는 모습도 보인다.

일반적으로 서정시의 화자는 시인 자신과 동일시되기 마련이다. 박소영의 시 역시 시적 화자와 시인이 동일한 층위에서 시적 대상을 응시하며 말하려고 한다. 하지만 그의 시 속 화자는 적극적으로 드러난다기보다는 숨어 있는 듯한 느낌을 준다. 그것은 그의 시가 보여주고 있는 거리감과 밀접한 연관을 맺는데, 시 속에 등장하는 화자가 시적 대상과 끊임없이 일정한 거리를 유지하려고 하는 태도로 인하여 시적 거리가 발생하는 것이다. 그리고 이렇게 나타난 시적 거리는 감정적 측면에서 객관적 태도를 보여주게 됨으로써 완성도 높은 미적 인식과 사유로 확대되기에 이른다.

> 작은 바람에도 흔들리는
> 거미줄,
> 허공에 몸 기대고 있다
>
> 땅에 발을 딛고 있다고
> 스스로 서 있는 것이 아님을
>
> 해질녘 들길을 걷다가
> 몸 가눌 수 없는 수숫대

바로 서는 것을 보고 알게 된 일

-「품」부분

거미가 있고, 시인은 숨은 화자를 통해 거미를 바라보고 있다. 거미를 응시하는 시인의 눈은 객관적 묘사의 시선을 지니고 있지만, 이내 독백의 어조로 바뀌게 된다. 독백을 하는 화자는 겉으로 자신의 모습을 드러내지 않은 채 거미에 대한 사유를 담담하게 밝히고 있다. 이때 화자는 철저하게 시인과 분리됨으로써 서정의 정서를 극복하게 된다. 그리고 분리된 서정적 자아는 시적 대상을 객관적으로 인식하려는 태도를 취함으로써, 독백을 개인적 푸념으로 전락시키지 않는다. 아울러 하나의 객관적 사물을 제시하고자 할 때, 진술은 해당 사물에 대한 해석적 태도를 견지한 경우가 많다. 그러나 박소영의 시는 시적 대상에 대해 과도하게 감정을 투사시키려고 하지 않을 뿐만 아니라 절제된 사유를 통해 상투성의 세계를 극복한다. 그것은 시적 자아와 가장 밀착되어 있는 어머니를 이야기할 때에도 고스란히 재현된다.

오래전 어머니와 걸었던 길
무량수전 앞에서
찍은 사진 속 어머니
늙지 않고 그대로인데

어머니보다 많은 나이 앞세우고
혼자서 오르는 그날의 시간들
푸르게 커가는 나뭇잎처럼
무량으로 드는 길

　　　　　　　　　-「무량으로 드는 길」 부분

　어머니를 시 속에서 호명하게 될 때, 자칫 객관적 태도를 잃어버리기 쉽다. 시적 화자의 태도가 그러하고, 시인의 감정적 층위가 그러하며, 어머니에 대한 감정과 사유의 감각이 그러하다. 아울러 어머니는 소재로서나 감정적으로나 우리 시의 가장 폭넓게 등장하는 대상이다. 「무량으로 드는 길」 역시 어머니에 대한 회상이 기존의 어머니에 대한 시적 감수성과 일면 맞닿아 있는 부분이 많다. "무량수전 앞에서" 어머니와 찍은 사진을 통해 회고하는 어머니의 모습이 그러하고, "어머니보다 많은 나이 앞세우고" 살아가는 삶의 국면이 그러하다. 그리고 그러한 삶의 모습이 "무량으로 드는 길"이라는 인식 역시 어머니를 통해 회고할 수 있는 보편성과 이어져 있다. 그러나 박소영의 시는 이 모든 보편적 정서에도 불구하고 그것을 극복하며 시적 깊이의 층위를 확보한다.

　비 비린내 젖은 저녁바람에 모래알처럼 돋는 소름, 나뭇잎들 수런거림 속에 빗방울 툭, 툭, 푸드득 날아가는 새의 이마를 적신다 온몸에 내리는 빗방울 후두둑 털어내며 날

117

아가는 새들의 귀가, 하늘마당에 발자국을 찍으며 흩뿌리는 언어, 불빛 밝은 정류장은 어디쯤일까? 둥지로 날아드는 새들, 등불 없는 어둠 속에서도 부리를 부비며 보듬을 것이다 새들이 날아간 허공 들여다보며 가던 걸음 뚝, 멈추고 자꾸만 비워내도 드는 한기寒氣, 덜어내도 차오르는 그리움만 가득 찬 집으로 가는 나는 날개가 없다

　　－「귀가」 전문

「귀가」에 등장한 시적 국면을 살펴보도록 하자. 저녁바람이나 나뭇잎, 빗방울과 "날아가는 새", "불빛 밝은 정류장"과 "새들이 날아간 허공". 차분하게 펼쳐진 공간은 우리의 감수성을 자극하는 것들이다. 시인은 이러한 감수성의 영역에서 철저하게 자신을 비우고 대상의 본질에 접근하고자 한다. 그럼으로써 시적 대상은 기존의 감수성을 지우고 새로운 모습으로 우리 앞에 현현하게 된다. 그리하여 바로 이곳에 첨예한 미적 인식은 자리하게 되며, "그리움만 가득 찬 집으로" 향하는 자의 감수성은 하나의 시적 정서와 미의식을 완성하게 된다.